PINTANDO POESIA

CONCEPÇÃO E EDIÇÃO GERAL
Sonia Junqueira

EDIÇÃO DE ARTE
Norma Sofia – NS Produção Editorial Ltda.

FOTOGRAFIA
Daniel Mansur

REVISÃO
Marta Sampaio

Dados Internacionais de Catalogação na Publicação (CIP)
(Câmara Brasileira do Livro, SP, Brasil)

Sorrenti, Neusa
    Pintando poesia / Neusa Sorrenti ; poemas inspirados
em telas de José Heleno Sorrenti. – 3. ed. ; 1. reimp. – Belo
Horizonte : Yellowfante, 2025.
    ISBN 978-85-513-0675-8

    1. Poesia - Literatura infantojuvenil
    2. Sorrenti, José Heleno I. Sorrenti, José Heleno.

II. Título.

19-30177   CDD-028.5

Índices para catálogo sistemático:
1. Poesia : Literatura infantil 028.5
2. Poesia : Literatura infantojuvenil 028.5

A **YELLOWFANTE** É UMA EDITORA DO **GRUPO AUTÊNTICA**

Belo Horizonte
Rua Carlos Turner, 420
Silveira . 31140-520
Belo Horizonte . MG
Tel.: (55 31) 3465 4500

São Paulo
Av. Paulista, 2.073 . Conjunto Nacional
Horsa I . Salas 404-406 . Bela Vista
01311-940 . São Paulo . SP
Tel.: (55 11) 3034 4468

www.editorayellowfante.com.br
SAC: atendimentoleitor@grupoautentica.com.br

Neusa Sorrenti

Poemas inspirados em telas de
José Heleno Sorrenti

PINTANDO POESIA

3ª edição
1ª reimpressão

Para nossos pais,
Cecília Michetti e Nico Sorrenti,
esta canção a quatro mãos.

SUMÁRIO

PINTAR POESIA

Com letras de fogo
eu pinto um poema
de alma aldeã.

Estrofes têm tintas
que alternam calor
de febre terçã.

Às vezes, tão fortes!,
tatuam na vista
penas de jaçanã.

O verso é uma flor,
granada de seda,
tal qual a romã

suspensa no galho,
exposta ao tempo,
fruta temporã.

Palavras são grãos
de um tom encarnado
cortando a manhã.

O poema é o galho
que prende mistérios
feito um talismã

chamando o leitor
pra compartilhar
tão árduo afã

de lutar com as palavras
– que o Poeta avisou
ser a luta mais vã.

No entanto, poeto
– com as tintas que tenho
e amor de artesã.

ESCOLA RURAL

Há um menino,
há um moleque
morando sempre no meu coração.
Toda vez que o adulto fraqueja
ele vem pra me dar a mão

(Milton Nascimento e Fernando Brant)

O salão grande, varrido
com vassoura de alecrim,
se apronta todo cheiroso
pra receber os meninos
que pulam
como arlequins.

Crianças de todo lado
chegam nas asas do vento.
São como flores do campo:
rudes, belas e atentas,
mastigando
o pensamento.

Pés meio sujos de barro,
roupa lavada com anil
e um cheirinho faceiro
que a gente sente, de longe
como o das rosas
de abril.

A mestra faz cara séria.
Ronda os bancos, prende o ar
ao ver as mãos vacilantes,
errantes, na folha branca,
tentando
fazer o A.

No recreio, farelinhos
das broinhas de fubá
brilham entre arcos
e cordas
com as bolinhas de gude
até o sino tocar.

Quem me dera se eu pudesse
percorrer a mesma estrada,
voltar ao salão da escola
pra ter medo do ditado
e sofrer
com a tabuada...

HAICAIS

Vê, estão voltando as flores.
Vê, nessa manhã tão linda.
Vê, como é bonita a vida.
Vê, há esperança ainda.

(Paulo Soledade)

AFINAÇÃO

Na madrugada, o luar tem poesia.
O seresteiro não tem hora pra chegar,
ninguém se importa se começa um novo dia,
pois qualquer hora é hora boa pra cantar!

(Geraldo Magela Pereira)

Margaridas choram
no jardim abandonado:
saudades do dono.

Violetas em bando
vêm brincar de primavera
com o vento de outono.

Um galo no meio da tarde
desenha o tom do mormaço.

As flores desenham
os arabescos da vida:
chegada e partida.

Seu peito arranha o vento
com longas penas de aço.

Flores indecisas
entre o amarelo e o vermelho
consultam o Sol.

Caminha amassando o verde
com esporas de capitão.

A crista rubra reflete
fiapos do sol no chão.

Depois se acomoda na noite
como um cachorro de rua.

Por fim, afina seu canto
com o diapasão da Lua.

FESTA NO ARRAIAL

Felicidade foi-se embora
e a saudade no meu peito ainda mora.
E é por isso que eu gosto lá de fora,
porque sei que a falsidade não vigora.

(Lupicínio Rodrigues)

As festas de Sant'Ana foram embora
e meu olhar teimoso ainda procura
aquela barraquinha que é saudade
das prendas carregadas de ternura.

Que faço da lembrança das meninas,
do forró, da sanfona e do clarão
da Lua, lá no céu, brilhante ilha,
iluminando a estrada do sertão?

O som de uma viola ouço baixinho,
ponteada bem pras bandas da porteira,
porque agora é outro o meu caminho.

Já distante, a modinha se calou.
Meu Deus, por que as férias são tão curtas
e a gente não esquece o que passou?

O CONTADOR DE HISTÓRIAS

Era uma vez
um lugarzinho no meio do nada,
com sabor de chocolate
e cheiro de terra molhada.

(Álvaro Socci e Cláudio Motta)

Toda noite, as casinhas
se amontoavam pra escutar
histórias de um contador
que falava de um tempo
em que se usava sonhar.

Trazia um livro dourado
que não abria pra ler.
Parava o tempo com a voz
dizendo: "Era uma vez,
no tempo do bem-querer..."

Crianças se enroscavam
feito cão em noite fria
pra escutar as histórias
de Rapunzel, Cinderela
e de Joãozinho e Maria.

A noite ouvia as histórias
escondida no grotão.
Ficou tão apaixonada
pela voz do contador
que pôs estrelas no chão.

CHORO DE TELHA

A saudade é uma estrada longa
que começa e não tem mais fim.
Suas léguas dão volta ao mundo
mas não voltam por onde eu vim.

(Almir Sater e Paulo Simões)

Telhas velhas
choramingam
machucadas
pela chuva.
Burro velho
sem arreio
olha a estrada
espia a curva.

Tem saudade
do serviço
quando ia
ao arraial
levar sacos
de ouro em grão
vindos lá
do milharal.

Também sinto
uma pontada
quando olho
aquela estrada.
Foi por ela
que partiu
a primeira
namorada.

Com as telhas
choramingo
duetando
com a chuva
que goteja
do meu peito
toda tarde
de domingo.

IMIGRANTES

Volare... oh... oh!
Cantare... oh... oh... oh... oh!
Nel blu dipinto di blu,
felice di stare lassù.

    (Domenico Modugno)

Não é pela chuva fina
o aperto que me vem
das coisas relembradas.
Existe uma outra coisa
que eu percebo muito bem.

É o perfume das folhas
embrulhadas pelo vento
na tarde azul e rosa,
tombando para o lilás,
num quase contentamento.

Meus pais, meus tios e eu,
no quintal ainda claro,
de roupa nova, escovada,
ensaiando riso e reza
pra novena de San Genaro.

Quando vejo um pôr de sol
riscando risos no céu
lavo a saudade nos olhos
e escondo um fio de choro
na pedra do meu anel.

Nossa família era alegre.
Contava caso em cordel
pendurado em macarrão.
E por qualquer coisa fazia
um colorido escarcéu.

MENINO DO CARRO DE BOI

Eu tenho o meu boi Barroso,
Pintassilgo e Bandiá.
Minha boiada é ligeira,
disso eu posso me gabar.

(Raul Torres)

Quando o Sol pinta com ouro
o tapete da fazenda,
o menino tange os bois
a caminho da moenda.

– Vem Formoso, vem Capanga!
Vem Branquinho, vem Valente!
Bem depressa com o carro!
Tá na hora do batente!

As horas quase cochilam
com aquela cantilena.
Até a araponga sossega
e fica ouvindo, serena.

– Vem Formoso, vem Capanga!
Vem Branquinho, vem Valente!
Bem depressa com o carro!
Tá na hora do batente!

Quando o Sol usa os rubis
para pintar o poente,
o menino vai descansar
do canto manso e dolente.

– Vai Formoso, vai Capanga!
Vai Branquinho, vai Valente!
Vão embora pro sossego!
Amanhã tem mais batente!

YABIRU

Lá vai a chalana.
Tão longe se vai
navegando no remanso
do Rio Paraguai.
Ó chalana, sem querer,
tu aumentas minha dor,
nestas águas tão serenas
vai levando o meu amor.

(Mário Zan e Arlindo Pinto)

A tarde no Pantanal
é feita de seda azul.
Fios de luz e silêncio
bordam um fino cenário
pro ninho do tuiuiú.

Da palmeira a ave espia
lá embaixo o rio gigante
que leva no seu remanso
o sonho do pantaneiro,
boiadeiro e viajante.

Tuiuiú ou yabiru
no alto de seu farol
vigia o mar de água doce
que cintila entre as folhas
ao último beijo do Sol.

Tuiuiú no ninho espera
como quem espera a chalana.
Índios sussurram ao vento
que os filhotes do yabiru
nascem na outra semana.

N.E: *Yabiru* é *tuiuiú* em tupi.

19

MANHÃ NO POVOADO

Da janela lateral do quarto de dormir
vejo uma igreja, um sinal de glória,
vejo um muro branco e um voo de pássaro,
vejo uma grade, um velho sinal.

(Lô Borges e Fernando Brant)

Meu povoado parece
um menino sonolento.
Quando acorda, manhãzinha,
abre a boca do dia,
dá boas-vindas ao vento.

As crianças saem cedo
e vão pra rua brincar.
Galinhas brancas desfilam,
com seu passinho faceiro,
treinado para ciscar.

Uma janela se abre
pra respirar o ar puro.
As outras, meio emperradas,
fingem um sono pesado
para sonhar no escuro.

O sino da igrejinha
bate chamando pra missa.
Mas a cama está tão boa
que o colchão de palha pede
pra curtir mais a preguiça...

Na casinha com escada,
Maria faz pão de queijo.
É biscoiteira afamada.
Se é tão boa no atacado,
imagina no varejo!

GALOPE COMBINADO

Que nem cometa
em noite estrelada
meu pensamento
vai comendo estrada
cavalgando, tento prosseguir
nessa galopada.

(Almir Sater e Paulo Simões)

Combinei com o Zé Maria,
com o Tião e o Godofredo
uma corrida a galope
pela estrada do Rio Manso.
Quem não quisesse, não fosse,
caso estivesse com medo.

E no dia combinado
todo mundo saiu cedo,
aprontou a montaria,
pegou chicote e espora
deu adeus pra parentalha
e se encontrou no lajedo.

O Tião saiu zunindo,
já alcançava o arvoredo.
Poeira virou cortina
e pedra virou isqueiro.
Camisas no voo inflavam
feito balões num brinquedo.

Zé Maria tomou a frente,
logo atrás, o Godofredo.
Os outros, resfolegantes,
rindo, entregaram os pontos.
Também larguei da façanha
e... acabou-se o enredo.

O TAMANHO DO MUNDO

Ontem, ao luar,
nós dois em plena solidão.
Tu me perguntaste
o que era a dor de uma paixão.
Nada respondi, calmo assim fiquei,
mas fitando o azul
do azul do céu
a Lua azul
eu te mostrei.

(Catulo da Paixão Cearense e Pedro de Alcântara)

O meu mundo é pequeno, Belmira.
Tem a terra, uma casinha,
na horta, uma bica d'água,
tem um cercado de tábuas,
dois porcos, uma porquinha.

O meu mundo é pequeno, Belmira.
Tem um velho galinheiro
com umas poucas galinhas.
Tem um burro, uma carroça
e um bravo cão perdigueiro.

Mas o meu mundo é imenso, Belmira,
de uma lindeza infinita,
quando você aparece
debaixo da Lua branca
com o seu vestido azul
todo enfeitado de fita...

MULINHA CIUMENTA

*A vida aqui só é ruim
quando não chove no chão.
Mas se chover dá de tudo,
fartura tem de montão!*

(Venâncio Curumba e José Guimarães)

A plantação mistura tons de verde
quando a chuva pipoca no agreste.
Os *corguinhos* parecem ribeirão
e a terra de castanhos se reveste.

Bem cedo, encho os balaios 'té a boca,
feliz com toda a minha produção.
Viajo dezessete *légua* e *meia*,
assobiando ora um xote, ora um baião.

Tempo em tempo eu descanso a Josefina,
mulinha obediente e trigueira.
Dou de comer, de beber, faço chamego
e também desaperto a barrigueira.

Chegando à feira é uma satisfação
e as vistas se perdem em tanta cor.
Tem jiló, macaxeira e rapadura
e o riso das cabrochas inda em flor.

Uma delas pisca o olho para mim
e meu peito dá de tocar zabumba.
Josefina cochicha, despeitada:
– Que o fogo do amor não te sucumba!

MINHA TERRA SEM PALMEIRAS

De que me adianta viver na cidade
se a felicidade não me acompanhar.
Adeus, paulistinha, do meu coração,
lá pro meu sertão eu quero voltar.

(Goiá e Belmonte)

Repara, comadre,
eu vou te contar.
Terrinha mais boa
que esta não há.
O Sol dá risada,
pois acha engraçado
o galo cantar
meio oitavado.

Garças esvoaçam
pra frente e pra trás.
São bandeiras brancas
pedindo por paz.
O cachorro late,
quer ir passear
pra ver as belezas
deste meu lugar.

Criançada brinca
com o que quiser:
boizinho de chuchu
é pra homem e mulher.
Os grandes também
têm divertimento:
forró com caninha
no salão do Bento.

Com água de cuia
salpicam o chão
pra baixar a poeira
depois do baião.
Repara, comadre,
aqui vou ficar
até que Deus queira
minha vida levar.

VIDA DE GADO

Apesar de tudo, existe uma fonte de água pura.
Quem beber daquela água não terá mais amargura.

(Paulinho da Viola)

O gado vem beber água:
moscas de saia de tule
pousam nas suas orelhas
e se põem a cochichar.

Se a gente pensar bem,
o gado deve escutar...

O gado come capim:
carrapatos cravam garras
no seu lombo atapetado
e se põem a alfinetar.

Se a gente pensar bem,
o gado deve odiar...

Depois, o gado rumina:
borboletas distraídas
aperfeiçoam o giro
e se põem a dançar.

Se a gente pensar bem,
o gado deve adorar...

Eu, vaqueiro, levo a vida,
como o gado, a pelejar:
bebo, como, me alfinetam,
mas de noite vou dançar.

E se a gente pensar bem,
coisa boa é farrear!

PRIMEIRO AMOR

Mandacaru quando fulora na serra
é um sinal que a chuva chega no sertão.
Toda menina que enjoa da boneca
é sinal que o amor já chegou no coração.
Meia comprida, não quer mais sapato baixo,
vestido bem cintado, não quer mais vestir gibão.
Ela só quer, só pensa em namorar.

(Luiz Gonzada e Zé Dantas)

Os pensamentos da menina
inventam bordados de fita.

Ela anda no arame do sonho:
corre, dança e até levita.

Não come, não bebe direito
e passa noites acordada.

O amor, com olhos de cisne,
vigia sua nova morada.

Margaridas chamam a menina
pra brincar de bem me quer.

Ela dá um sorriso maroto
de nem menina, nem mulher.

A tarde azula o horizonte
com o resto dos fios do dia.

Bem longe a menina ainda ouve
um toque de ave-maria.

Depois sai pisando de leve
sobre cachos de algodão.

E afaga, no bolso, o retrato
do dono do seu coração.

CONGADO

Canarinho verde, ai, ai, ai,
canta fora da gaiola, ai, ai, ai.
Canta pra São Benedito, ai, ai, ai,
e também pra Nossa Senhora, ai, ai, ai.

    (Domínio Público)

O céu logo se apronta
e se enche de passarinhos.
O mastro acena do alto
e comanda os reco-recos
dos festeiros a caminho.

O ar se enfeita de sons
de sanfonas e pandeiros.
Ganzás, tambores e caixas
marcam o alegre compasso
no passo dos congadeiros.

O terno azul abre o canto
pra saudar Nossa Senhora.
O terno rosa responde:
– Virgem Santa, Ave Maria,
nos proteja toda hora.

O Rei e sua Rainha,
com a coroa do Rosário,
se juntam com o Moçambique,
que coreografa chocalhos
sobre as pedras de calcário.

Vindos do Congo e de Angola
trouxeram as suas crenças.
Escolheram Nossa Senhora
desde os tempos lá da África
pra acalmar as diferenças.

Ó Divino Espírito Santo,
Santo Onofre, Benedito,
Efigênia e das Mercês!
Que no rosário dos dias
o fervor seja infinito!

DIA DAS COMPRA

Por ser de lá do sertão, lá do cerrado,
lá do interior do mato, da caatinga, do roçado,
eu quase não saio, eu quase não tenho amigo,
eu quase que não consigo
ficar na cidade sem viver contrariado.

(Gilberto Gil e Dominguinhos)

Tem dia que saio bem cedo
vou na venda da cidade
pra comprá uns mantimento
que a patroa encomendou –
mas pra mim é um sofrimento!

No caminho olho as beleza,
tão logo bato a porteira.
A estrada do sertão
é como um cordão sem ponta
desenrolado no chão.

Umas florzinha sem nome
dão lambida nos meus pé.
Distraído com um sabiá
tropico numas pedrinha
rombuda que tem por lá.

Na cidade é diferente.
Se não olhar bem os carro,
as moto e as lotação,
a tropicada é mais forte,
costuma não ter salvação.

A venda tá uma ruindade:
qué acompanhá o progresso
e virá supermercado.
Não tem mais café no copo,
só em pacote fechado.

Tem sabonete e perfume
e até sabão pra cabelo.
O arroz já vem ensacado
e os pobrezinho dos frango
agora vem congelado.

Careço levá as compra
antes do sol esquentá.
Já com a missão cumprida,
vou contente pro meu canto
agarrá com a minha lida.

RIO DA ENCOSTA

O rio nasce de dentro do chão,
a nossa terra é que é sua mãe.
A água pouca e limpa que brotou
com outras águas da serra se juntou,
vai seguindo o ribeirão.

(Tavinho Moura e Fernando Brant)

Este rio tão farto de lembranças
já foi grande, valente, quase mar.
Vinha rindo, fagueiro, pela encosta,
cantarolando pras casas do lugar.
Hoje é pouco mais que um riacho
remando com as areias da saudade
e com muita vontade de chorar.

Este rio que se veste de água rasa
agora deu de sonhar com o azul:
quer ficar limpo, farto, transparente
como aquele rio claro lá do Sul –
pra fazer bonito, todo murmurante,
quando a hora chegar de se juntar
com as águas douradas do Paraguaçu.

Eu, velho boiadeiro do sertão,
que sempre fui risonho e sonhador,
resolvi largar o laço da saudade:
também quero barba feita com primor,
terno completo e boa água de cheiro,
pois tenho cá pra mim que vou achar
aquela que inda vai me inundar de amor.

FAZER VERSOS

De manhãzinha, quando sigo pela estrada,
minha boiada pra invernada eu vou levar.
São dez cabeças, é muito pouco, é quase nada,
mas não tem outras mais bonitas no lugar.

(Armando Cavalcanti e Klecius Caldas)

Fazer versos é custoso
mas deve ter serventia.

As palavras se empurram
pra chegar até o papel.
Parecem gado teimoso
se movendo num tropel.

Depois elas se agitam
sob o Sol do meio-dia,
se cansam no fim da tarde
e bebem melancolia.

Mas quando a Lua aparece
como queijo em fôrma grande
se enovelam bem quietas –
gado manso, descansado –
feito a alma dos poetas.

Nasci em Itaguara, interior de Minas, e com 14 anos vim estudar em Belo Horizonte, onde moro. Fiz cursos de Letras, Biblioteconomia, pós-graduação em Literatura Infantil e Juvenil e mestrado em Literaturas de Língua Portuguesa, na PUC Minas. Trabalhei como professora e como bibliotecária e me aposentei como Analista Educacional pela Secretaria de Estado de Educação de Minas Gerais.

Já publiquei 25 livros de literatura para crianças e jovens: *O encantador de pirilampos* (Prêmio 30 anos da FNLIJ e Altamente Recomendável), Compor; *O menino Leo e o poeta Noel*, Dimensão (obra adaptada para teatro por Mamélia Dorneles); *Chorinho de riacho e outros poemas para cantar*, Formato; *Paisagem de menino*, Franco Editora, entre outros, e um livro teórico, *A poesia vai à escola*, pela Autêntica.

Neste *Pintando poesia*, tentei traduzir em palavras as cenas que José Heleno descreveu com traços e cores. Contei com o auxílio de poemas-canção em forma de epígrafes, e espero que a reunião das três linguagens dê conta de expressar meu carinho por todos aqueles que buscam retratar, com a ferramenta que têm, a alma brasileira.

Neusa Sorrenti

Nasci em Carmópolis de Minas e há muito venho labutando com as tintas de modo autodidata e informal. Sou aposentado e ocupo meu tempo com pequenas plantações, leituras, poemas e telas. Em meus trabalhos, deixo entrever sonhos e descobertas que se mesclam com as memórias de um tempo que eu não gostaria de esquecer. Uso o pincel e a ponta do dedo mínimo para pintar. Em tela, madeira velha, pedaços de eucatex, garrafas...

Sempre que posso, participo do projeto "Talentos da Maturidade", do Banco Real. Em Itaguara (MG), onde moro, já participei da mostra "Prata da Casa" e de três exposições no Festival de Inverno, tendo apresentado, individualmente, alguns de meus trabalhos em Carmópolis e, mais recentemente, na Biblioteca Pública Infantil e Juvenil da Prefeitura de Belo Horizonte. Uma de minhas telas foi capa do livro *A poesia vai à escola*, e parece que, a partir daí, meus riachos se juntaram num ribeirão de imagens.

Que as minhas telas apreciem dialogar com os poemas da Neusa, minha irmã caçula – que também andou pelos mesmos caminhos.

José Heleno Sorrenti

EPÍGRAFES

ESCOLA RURAL, p. 8
"Bola de meia, bola de gude".
In: CD *Brilhantes* – Milton Nascimento,
Sony Music, faixa 12.

AFINAÇÃO, p. 11
"Um cavaquinho na madrugada".
www.robynet.psi.br/geraldom/letras.htlm

HAICAIS, p. 11
"Estão voltando as flores".
Citado de memória.

FESTA NO ARRAIAL, p. 12
"Felicidade".
In: CD *Lupicínio Rodrigues*, MPB Compositores,
RGE, faixa 11.

O CONTADOR DE HISTÓRIAS, p. 14
"Era uma vez".
In : CD *Toquinho: Amigos e canções*. BMG/Seleções
Reader's Digest, CD n. 4, faixa 4.

CHORO DE TELHA, p. 15
"A saudade é uma estrada longa".
In: CD *Almir Sater: Terra de sonhos*, Velas, faixa 9.

IMIGRANTES, p. 16
"Volare/ Nel blu dipinto di blu".
http:/letras.terra.com.br/domenicomodugno/713595/

MENINO DO CARRO DE BOI, p. 18
"Mestre carreiro".
In: CD *Rolando Boldrin canta Raul Torres e João Pacífico*,
Warner – WEA, faixa 4.

YABIRU, p. 19
"Chalana". In: CD *Almir Sater no Pantanal*,
Warner Music Brasil, faixa 1.

MANHÃ NO POVOADO, p. 20
"Paisagem da janela".
In: CD *Beto Guedes: Meus momentos*, EMI, faixa 5.

GALOPE COMBINADO, p. 23
"Galopada".
In: CD *Varandas/* Almir Sater, RGE, faixa 9.

O TAMANHO DO MUNDO, p. 24
"Ontem ao luar".
In: CD *Marisa Monte*, EMI, faixa 2 – CD single.

MULINHA CIUMENTA, p. 25
"Último pau-de-arara".
In: CD *O melhor de Fagner*, Studio S, faixa 14.

MINHA TERRA SEM PALMEIRAS, p. 26
"Saudade da minha terra".
In: CD *Pioneiros sertanejos*, Sonopress, faixa 17

VIDA DE GADO, p. 29
"Desilusão".
Citado de memória.

PRIMEIRO AMOR, p. 30
"O xote das meninas".
In: CD *Luiz Gonzaga: Forró de cabo a rabo*. Série Em
Dobro, BMG, faixa 19.

CONGADO, p. 32
Canto de desfile de rua da Festa dos Congadeiros de
Carmópolis de Minas. Caderno *Festa de Nossa Senhora
do Rosário*. Edição comemorativa da religiosidade,
cultura e cidadania. Prefeitura Municipal de Carmópolis
de Minas, setembro de 2006.

DIA DAS COMPRA, p. 33
"Lamento sertanejo".
In: CD *O essencial de Dominguinhos*, Focus,
BMG/RCA, faixa 13.

RIO DA ENCOSTA, p. 34
"Chico, o caminhador".
In: CD *Brasilêro*, Grupo Amaranto, Independente, faixa 6.

FAZER VERSOS, p. 37
"Boiadeiro" In: CD *Brasileirinho*. Maria Bethânia,
Biscoito Fino, faixa 8.

 Obra composta em Nueva Light,
corpo 13/15.6, e impressa na
Formato Artes Gráficas sobre
papel couché fosco 150 g/m² para
a Editora Yellowfante.